邂逅

張心柔——著
陳冠穎——繪

獻給 Shivanii

作者　張心柔

字若水，號小巫。一九九〇年生於臺北。寫詩言志，唱歌詠言。集詩人、歌手、音樂創作人於一身。彈鋼琴、吉他和古琴。著有詩集《邂逅》（二〇〇九）、《我們蹣跚地在滂沱的時光中前進》（二〇一一）、《寅》（二〇一六）、《卯》（二〇一九），音樂專輯《吟遊詩人》（二〇一二）、《愛情童話》（二〇一四）、《棕髮少女》（二〇一七）。

繪者 陳冠穎

生於一九九五年冬天，平時喜愛陶藝、書法與寫作，深信自己心中存在一片寧靜的湖泊，在其中，慢慢勾勒出那世界。與繪畫和藝術一直有著分不開的關係，交錯著出現在生命中，願自己時常保持一位素人畫家的心作畫，畫出的不是畫，而是心中的一片平靜。

再版序

《邂逅》是十年前我自己印的第一本詩集，當初只是想把十八至十九歲一年間寫的詩做個整理，輯成了這本十五首詩的小冊子，頗有以詩會友的意味。後來陸陸續續印了三百多本，寄放在書店或是去演唱時帶著賣。我時常覺得自己像個手藝人，拖著一小篋創作到處叫賣。古老的行當竟能在現代存活？這一寫一唱，恍然十年光景。

大一那年，我參加師大的噴泉詩社，有一次陳黎老師來社上演講，提到他在花蓮舉辦的太平洋詩歌節，我的少女詩心聽得飄飄然，後便決定前往赴會。那是對我往後的創作生命至關重要的一個決定。在後來幾年深刻地影響我的幾位亦師亦友，皆是從太平洋詩歌節的緣分開始。也產生了這本《邂逅》。

十年後的今天，尤其是寫出了《寅》、《卯》之後（這兩本目前可說是我的代表作了），當我回顧這本小書，我發現我竟不能否定那個十九歲的少女一個字。她心思單純而富巧思，她的愛質樸而有力量，她的夢仍在遠方閃耀……我想跟她說，謝謝你曾經那麼勇敢，我才能是今天的我。

謹在此向各位推薦我的「少不悔作」，深深一鞠躬。謝謝好友冠穎為再版所作的插圖，以及這幾年的好夥伴秀威出版社。

二〇一九年八月二十七日　於臺北

詩的噴泉

詩是從生命裡湧出來的。

存在於我們所處的這個世界中的種種光和影、聲音、氣味、波動，

被詩人敏感的心靈之網捕捉，

化成文字成為了詩。

在所有的文類中，詩應是最貼近我們生命脈動的一種文學形式，

它參差的句子帶來了音韻的律動與節奏感，與音樂緊密的結合。

最初的藝術都是為了宗教目的而產生的。

在祭祀場合中，詩與歌、舞蹈往往是不可分割的生命體。

最早的詩即是從民歌而來。

詩的音樂性讓它獨步於其他文學形式之中。

孔子說：「詩可以興，可以觀，可以群，可以怨。」

我們在追求詩歌之美時也必不可以與我們所處的現實、生命經驗脫節。
向我們的時代大聲疾呼吧：
詩，是生命的噴泉！

河流之歌

每次當我強烈感覺自己將要去追求什麼時，我總是激動的不能自已，那壓在體內的澎湃彷彿要爆衝出來，將我的心撕裂。

才知道長大竟是這樣帶著苦痛的，流不盡的淚水為我不眠的夜下了註解。回不去了，怎麼能回去呢？當你已經對世界有了更多更深的了解，你怎麼還能夠回去當原先那個無知卻快樂的自己呢？回不去的，我突然迷惘了。一直以來我似是渴望長大的，但現在又希望一切別來去的這麼快，我不想預知任何未來，我只想珍惜當下的每時每刻……

然而你們在哪裡，你們變換了幾種身分後消失無蹤，我在人群中幾次看見和你們相似的人，因為並不真正認識你們和他們，我認錯了人，連帶賠上一整個青春，和更多更多的淚。夏天的海太美，美得眩人，我在一片溼氣裡什麼也看不清，然後青春便這麼懵懵懂懂的過了。待到濃霧散去，又是好幾個夏天。

不願再說我要如何如何的話了，漫長的創作生命是需要恆常的流動的，從河到海的過程，還需經過切割、搬運、沖刷，歷練沿途的重重障礙才能到達。也沒怎麼去想河與海的比喻，如果真是那樣時間到了就會知道了吧！此刻的我又忍不住想你，淚水汩汩的流成了河，而我從那樣的虔敬中知悉了，你始終沒有離開的消息。

九十八年四月

目錄

流浪者之歌

月光
照亮了希望

海洋
展現了寬廣

遠方
我心所往
流浪
流浪在天涯

我要盡情歌唱
那人生美好樂章
不退讓。洶湧的波浪
是我前進方向

翅膀，熱衷飛翔
長髮，披覆神話
正當生命年華
喝吧！飲盡這酒觴

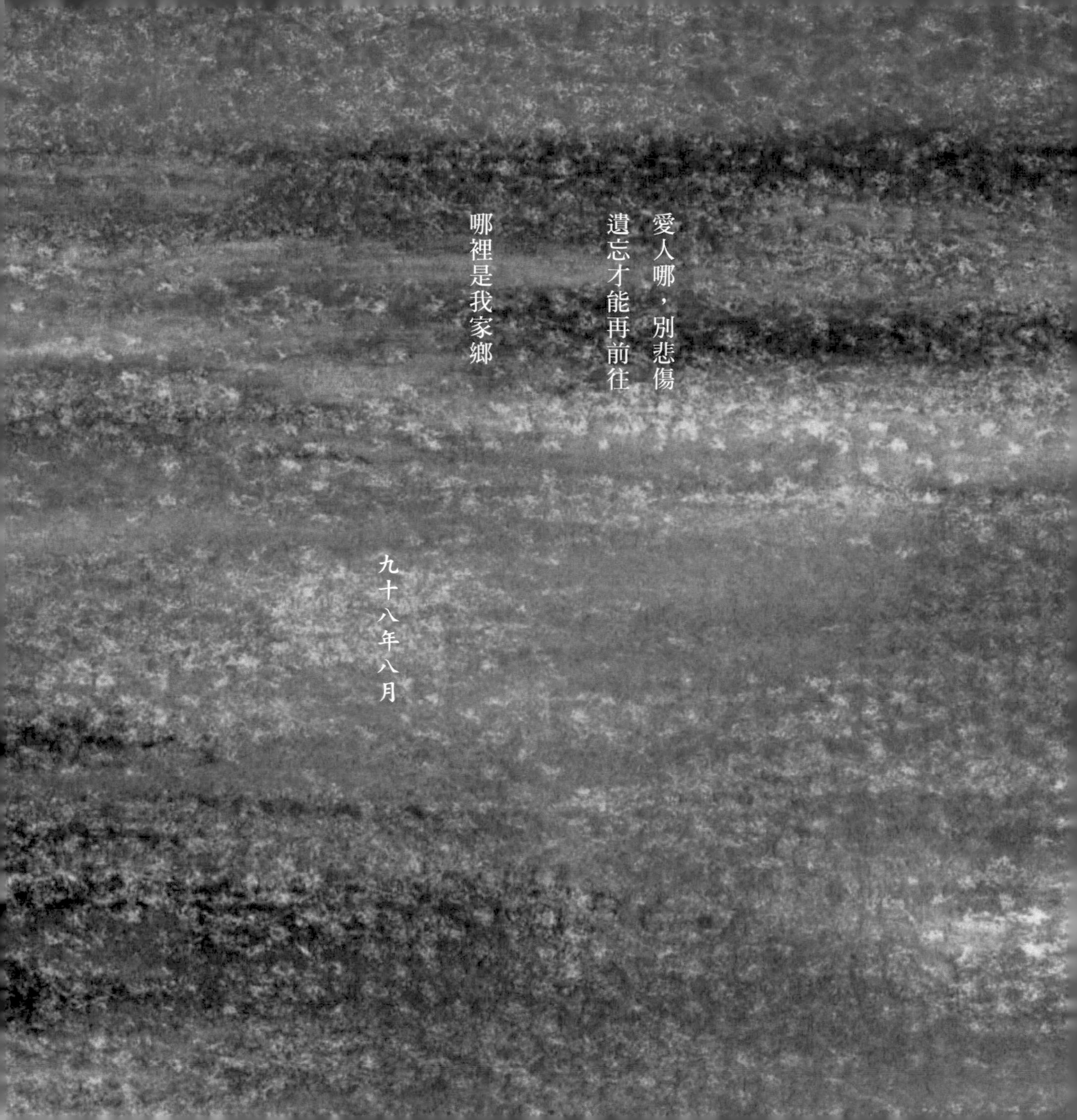

愛人哪，別悲傷
遺忘才能再前往
哪裡是我家鄉

九十八年八月

迷霧

我循著暮色消逝的路徑
誤入一片陌生的森林
彼方城市何其遙遠
漆黑的夜遮蔽了星星

彷彿有音樂來自那
深不可測的地心
我踩過河流的腳印
劈開荊棘

前進　直到看見那
開在深林裡的奇異花朵
當我發覺自己身陷迷霧的包圍時
我已沒有退路

九十八年一月

《迷霧》
21x14.5cm　粉彩　2019

《浪跡天涯》
16x27cm　粉彩　2019

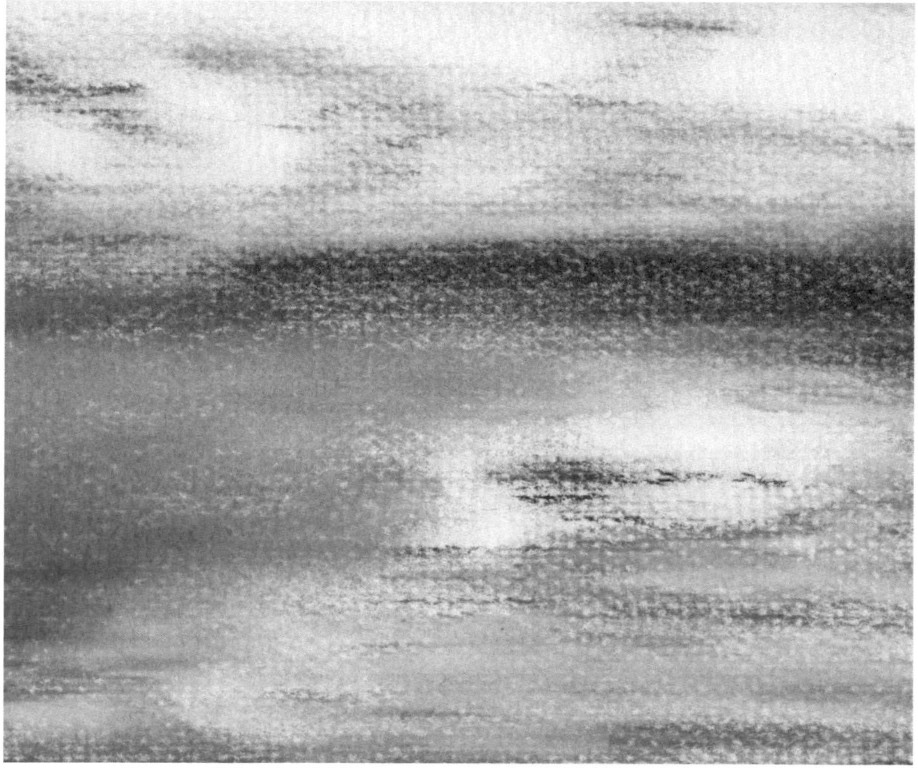

《滄》
21x14.5cm　粉彩　2019

尤莉狄斯

我在沙灘上等待我心愛的男人回來
（他跑到哪裡去了
他變成小男孩和大哥哥大姊姊玩球去了）
我在海濱等待我鍾愛的兒子回來
（他到哪裡去了
他變成我敬畏的爸爸出海討生活了）

我在家裡等我爸爸回來

（他去哪裡了

他是不是說過我是他最心愛的女人）

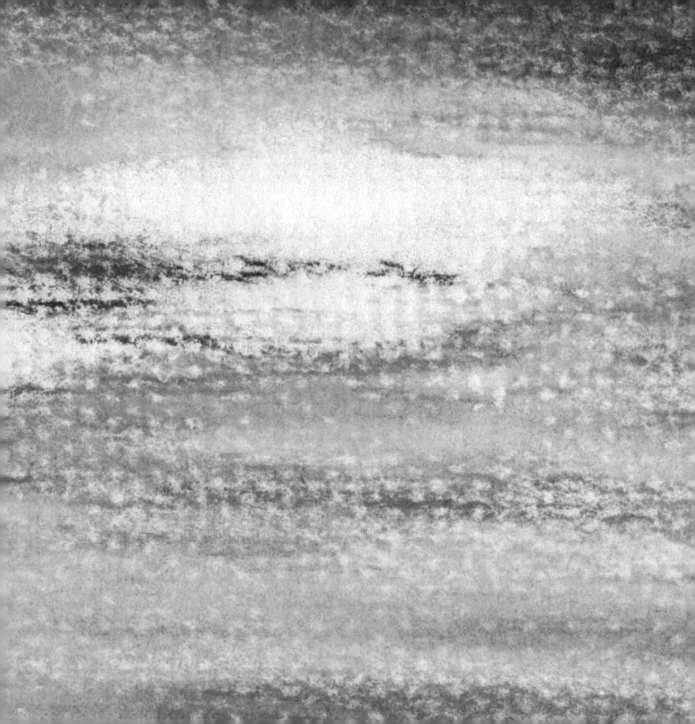

我親愛的兒子、爸爸
我所深愛的男人啊
請別像奧菲斯那樣心慌
我會一直很勇敢的在後頭跟著的

九十八年五月

棕髮少女

她眼簾上那塊畫布
閃亮　閃亮：
　　藍，藍，藍……
　縯紛成海

（你的夏天於是延長了）

氤氳的溼氣瀰漫
兩隻鯨魚交歡　而
離散

在海的心臟地帶
小提琴唱著幽咽的歌
　——我伸手向你

九十八年四月

《孤單鯨魚的邂逅》
16x27cm　粉彩　2019

訣別詩

我在離海岸兩三千公里的中段停下來
　不走了

前方彩霞已漸漸消褪
而後方沒有你
所以我在此停駐
不再走了

黑夜以一種我無法計算與理解的速度
快速墜落下來

墜落下來
忽然之間天上沒有星

而你在哪裡
你在哪裡
我在哪裡

我踏著月光走了
（你千萬啊不要等我）

九十八年六月

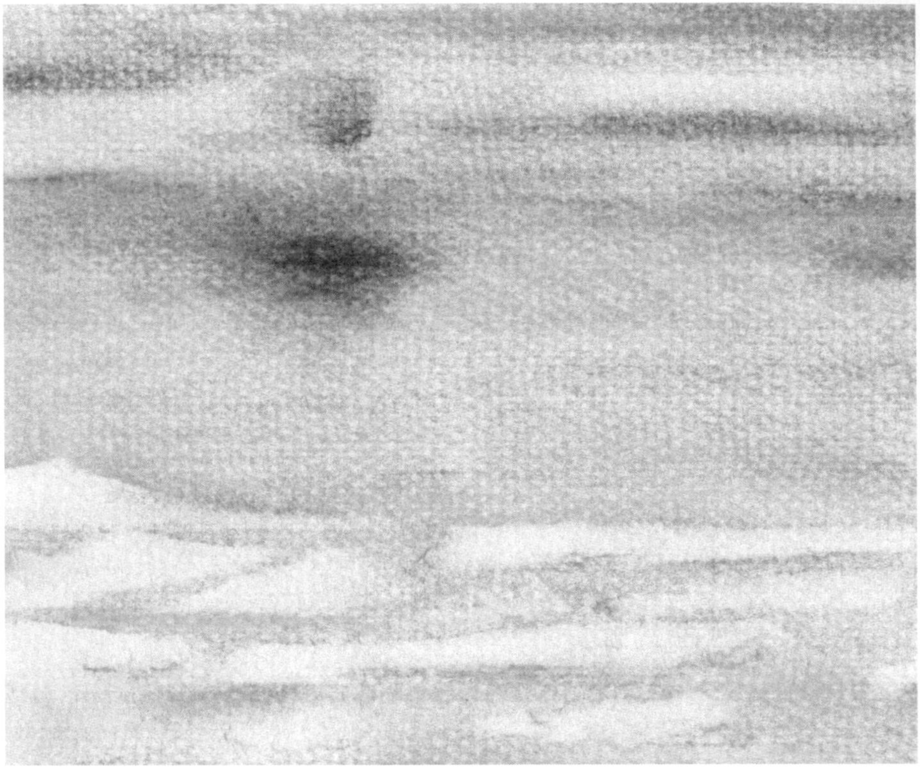

《一場晚霞》
21x14.5cm　粉彩　2019

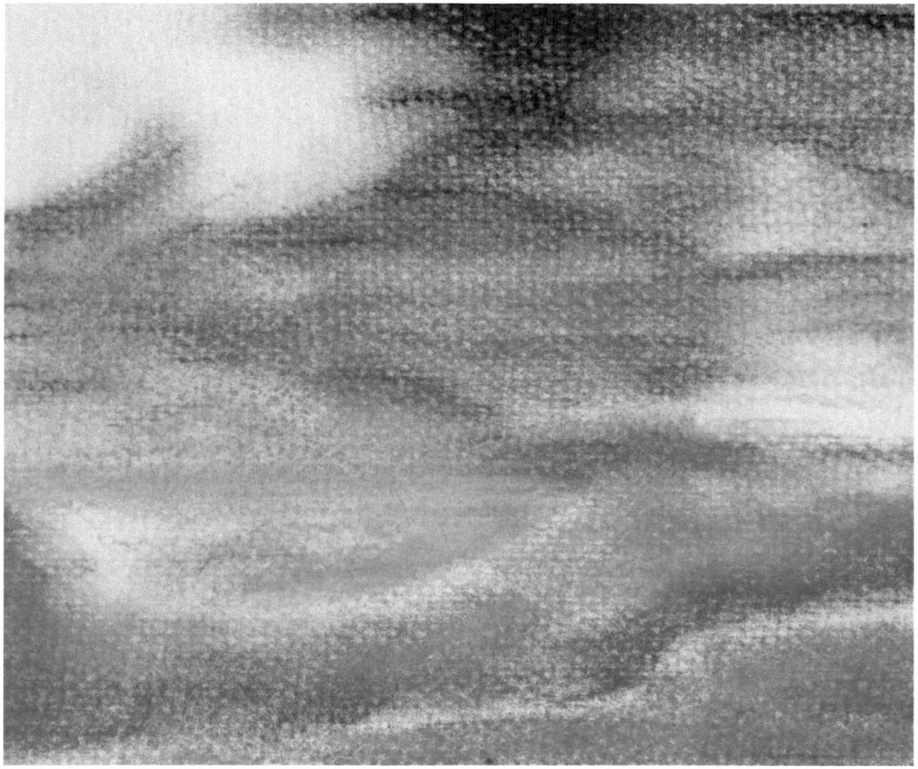

《拂》
21x14.5cm　粉彩　2019

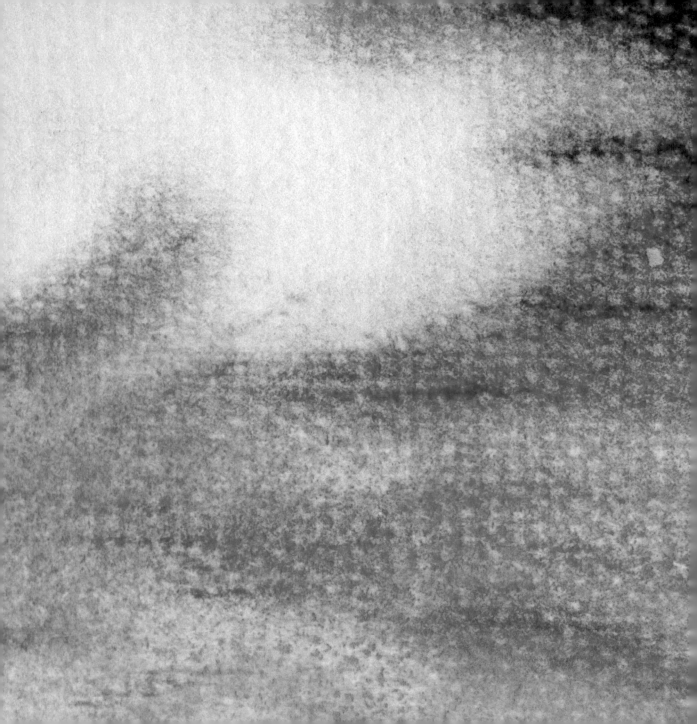

一個尋常的午後

那天下午
萬里無雲
一艘飛碟
只聽見那生物說：
「地球人什麼都沒有。」
也就是那天下午　喧鬧的
教室窗邊　一名女學生
輕輕
緩緩地
抬起了
頭

九十八年十二月改九十六年舊作

翾

雨後　被陽光輕柔愛撫著的山丘
閃爍著細緻動人的
流水般的紋理
聽，仔細的聽啊
罅縫中彷彿有美妙樂音傳出

是風，是風健勇的呼喊？
是溪，是溪水纏綿的呢喃？
此刻，有一種聲音
自大自然的交響樂中升起
一縷色彩豔麗的山嵐
氤氳紫羅蘭的氣味
遠遠傳到山的另一邊去

那是一名女子的歌聲啊
迴繞於山谷中
在每個酒紅的黃昏
在每個純淨的月夜
——引領一切混沌未明的
以鷹之姿向上飛升

九十八年七月

我和我的男人

生活是詩
家具是音樂
你住在裡面
滴答滴答

風吹了十幾年
腳步聲來去
你住在裡面
滴答滴答

我彈琴給你聽
我聽你唱歌
我忽然發現了
原來我們都還年輕

我不了你的歌
就如你不懂我的琴
啊，只要有愛
滴答滴答

九十八年五月

給舊情人

不要帶著一身胭脂來見我
我不想看見你的武裝

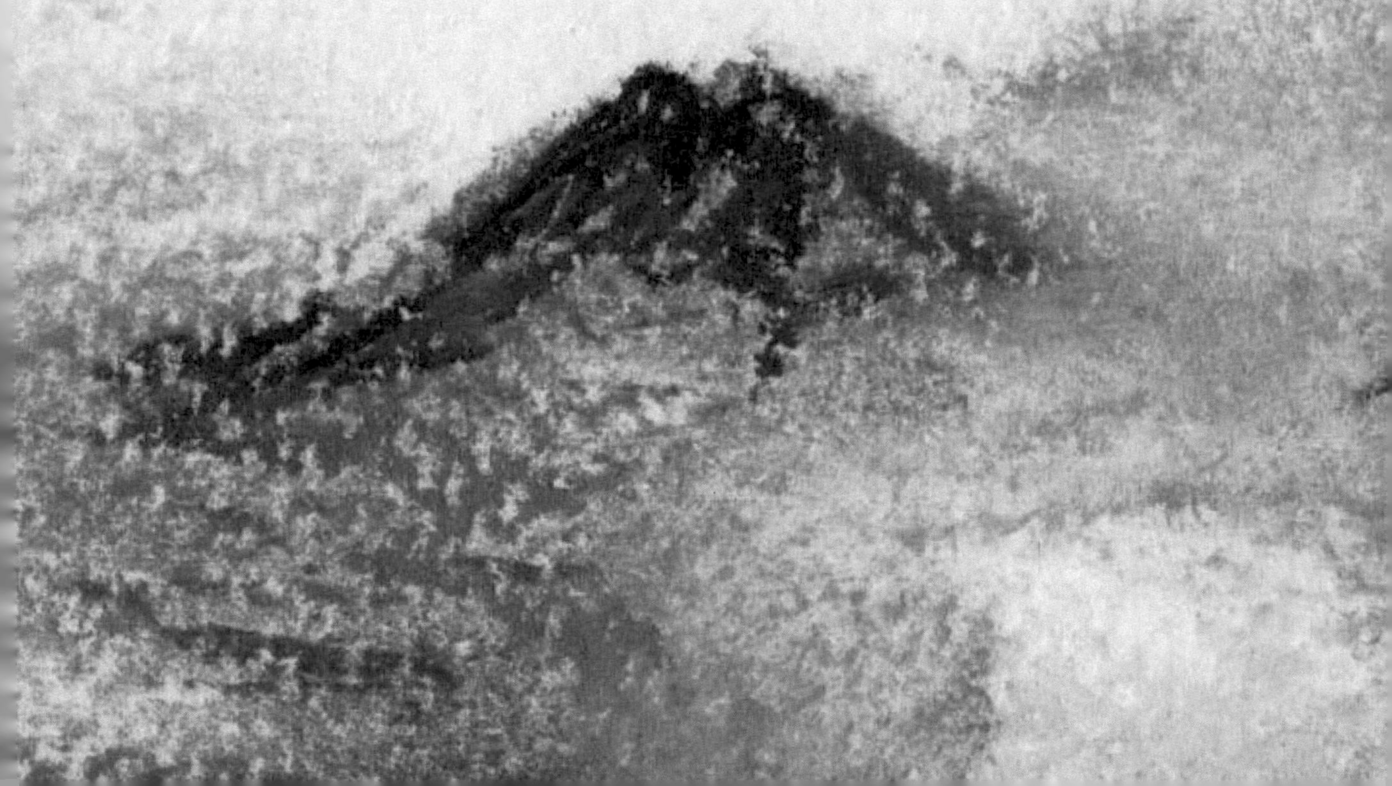

粉飾過了的容顏藏不住
歲月蒼蒼的憂傷
而你總是渴望
用枯枝般的細瘦的手
——儘管那動作是溫柔地
摘取開在那
我心崖上的花

請抬起頭吧，曾經的人
何不就讓我們彼此記憶
各自天涯
茫茫汪洋中
你知道總會有雲淡風輕的日子

九十八年一月

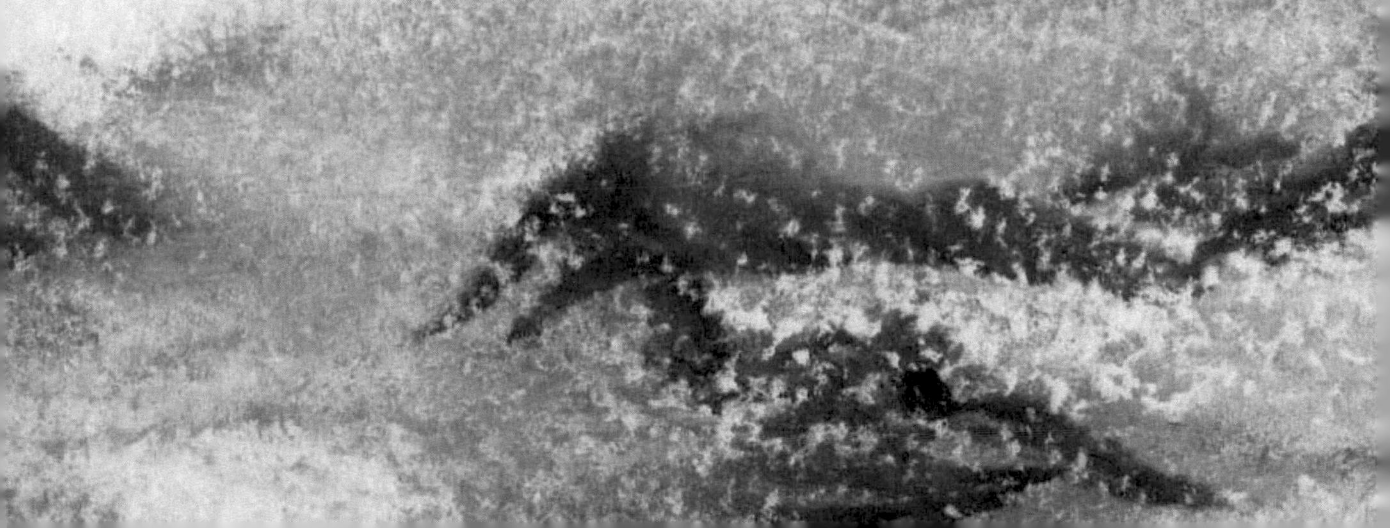

《騰霧》
16x27cm　粉彩　2019

《東岸》
16x27cm　粉彩　2019

流寓

天臺

風從遠方捎來口信
胃腸囁嚅著回應
年少時的願望是
尚未劃破天空的流星

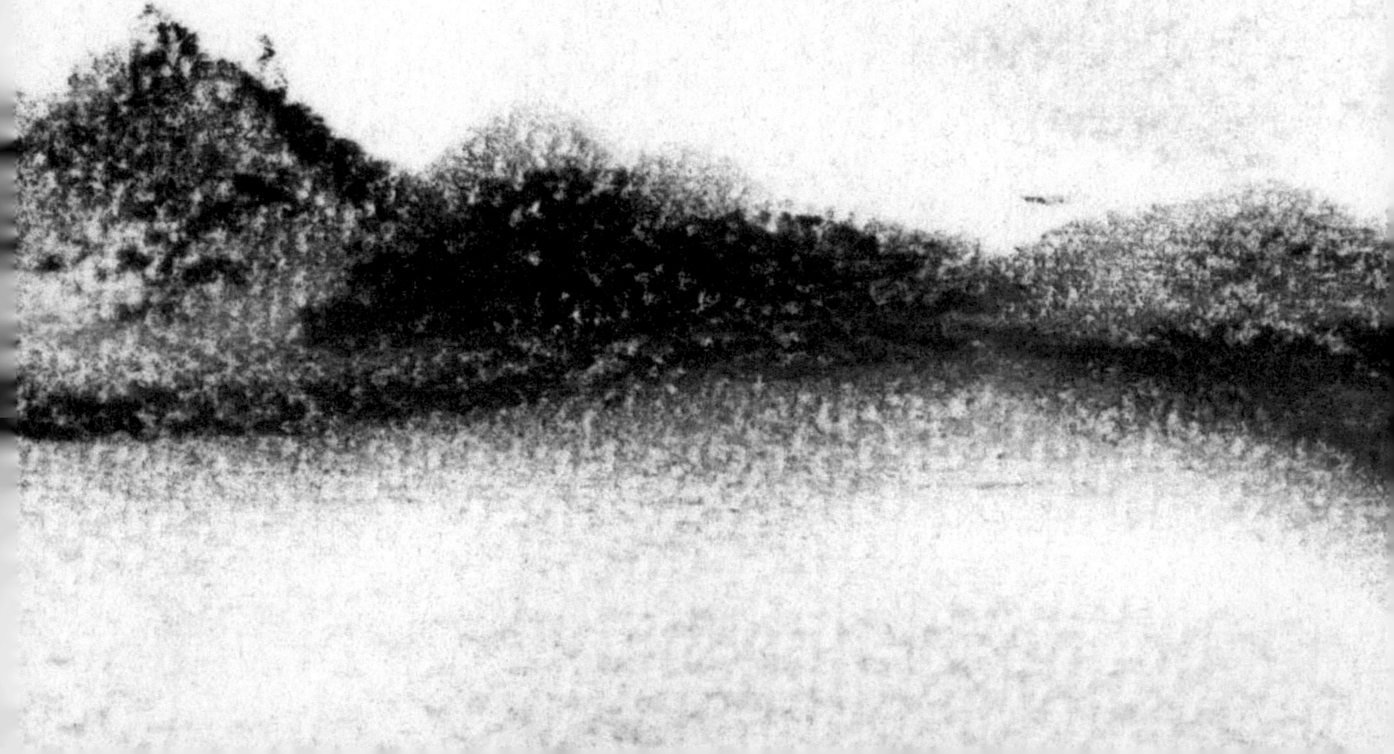

暗巷

癟了的汽機車相視無語
靜候　夜的帷幕揭起
街燈亮後
流浪貓不斷發情

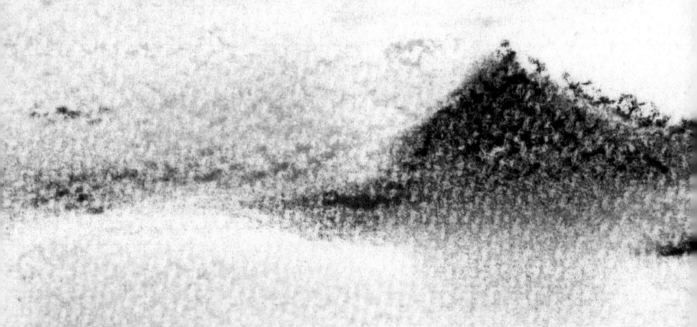

下水溝

隨水流漂過的
文明的垃圾：
寬容、信任、自由以及
一把魯特琴

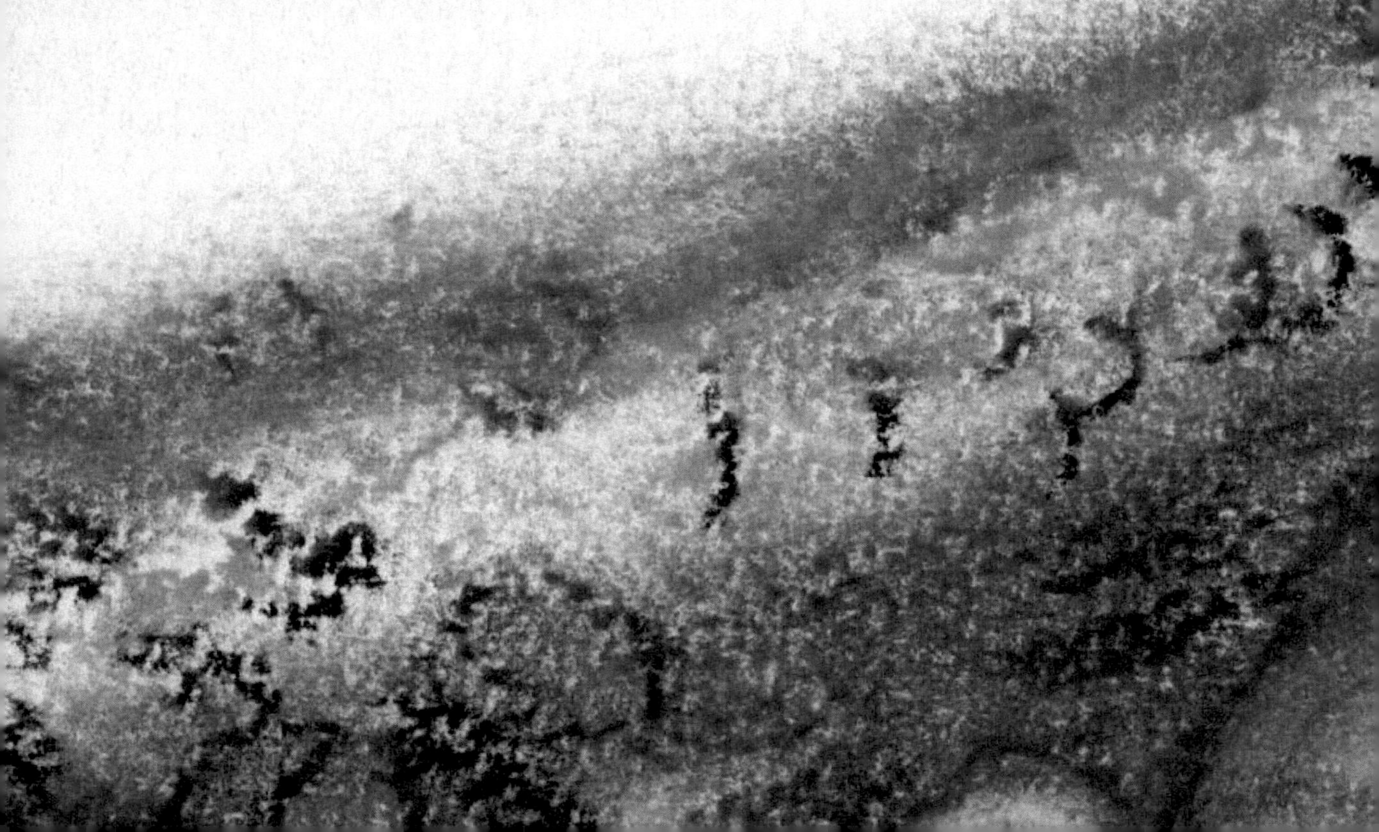

流動廁所

關起門　關起
繁華的噪音
啊，自然在這裡
家在這裡

九十七年十二月

失蹤的孩子

突然就沸騰起來的交岔路口
下課鐘敲響的時分
無忌的朝遊樂園奔去了以後
渴望飛翔的心靈各自西東
（可天空中沒有我心愛的旋轉木馬啊）

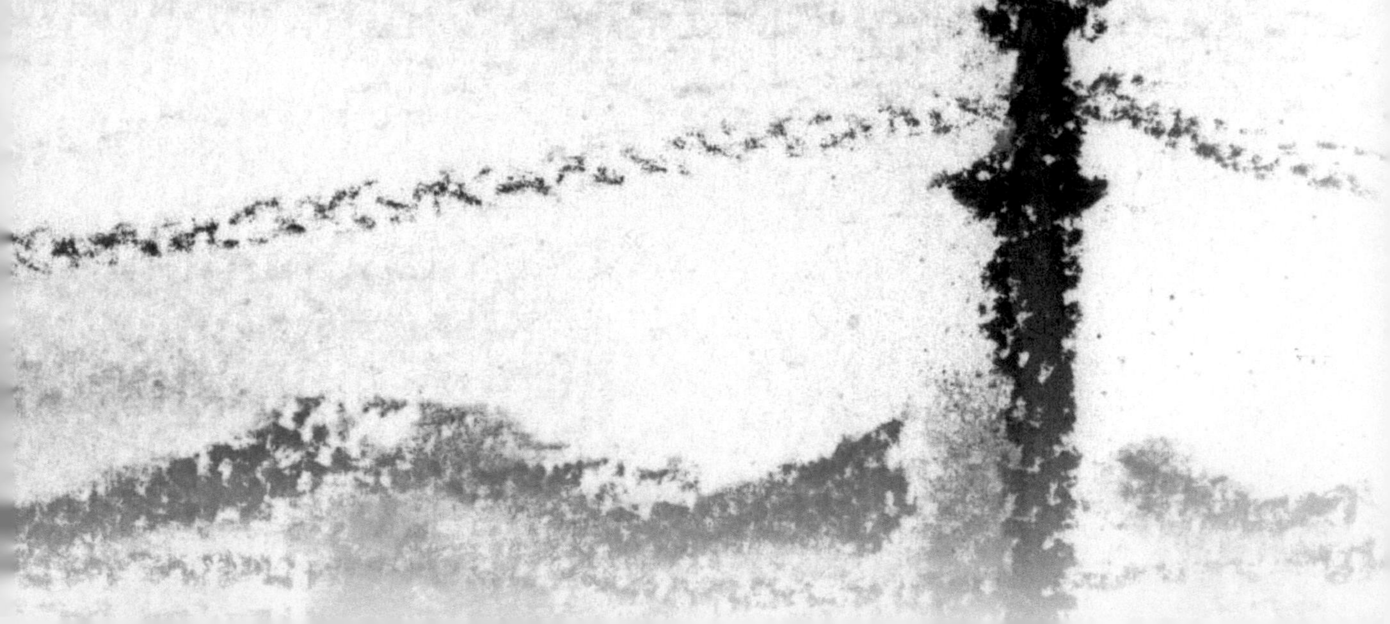

枝椏岔開後劃破童話
河水分流後滙成海洋

好多年以後
我終於也躲進你消失的滑梯口

「你在哭嗎？」
「我在等你來找我……」

我夢見了
我們並肩躺在玫瑰花盛開的園子裡
那夜星光爛漫

九十八年六月

月臺輓歌

我在月臺盡頭看著飛馳而過的火車如時光的消逝啊
一股致命的力量吸引我傾身向前
不，我並沒有往下跳
——不是你所想的那樣
但你依舊聽到了那聲
割破喉嚨的淒厲尖叫

綿延不盡的鐵軌會有終點嗎
終點是不是出口
天堂又在哪裡呢

一輛火車飛馳而過
月臺和軌道間沒有顯現奮不顧身的姿態
但有什麼確定是落下了
在不是出口的月臺盡頭

九十八年七月

《日常風景》
16x27cm　粉彩　2019

《畔》

21x14.5cm　粉彩　2019

奧菲莉亞

不願再累積此生的記憶了啊
那最嬌豔動人的生命之花
我已嚐過　喝過
且親眼看著它即將要枯萎了啊

那姑娘年紀輕輕的不過十九歲啊
正當青春年華最美麗的時候啊
竟就這麼地　這麼地
隨水流永遠地長眠於泥沙中了啊

不被上帝祝福的園地啊
卻是曾開出豔羨世人的花朵的地方

也許我就這麼走了
也許只因此生不願再看見更美麗的花

九十八年八月

過頭城

我坐火車途經頭城海邊
頭城海邊　在四個月前
七月的故事還沒有寫完
十一月的詩又將我召喚
迢迢　向花蓮海

海上神龜　仲夏時我曾獨自
登臨其上　曳著滾滾的白浪
風　壞了我的傘
海　聾了我的耳
此刻遠望　彼端
依舊婀娜

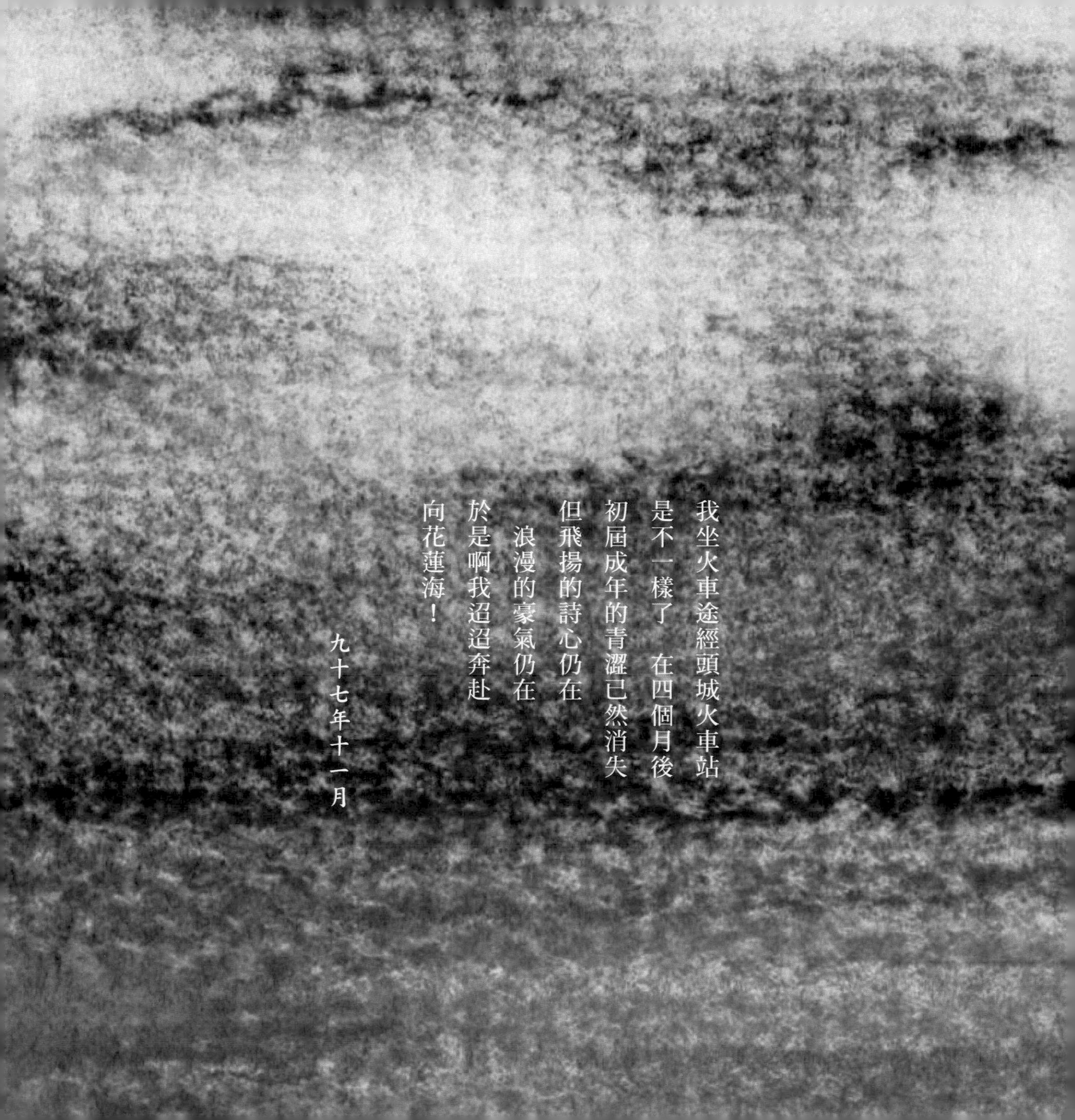

我坐火車途經頭城火車站
是不一樣了　在四個月後
初屆成年的青澀已然消失
但飛揚的詩心仍在
浪漫的豪氣仍在
於是啊我迢迢奔赴
向花蓮海！

九十七年十一月

別花蓮

——寫於二〇〇八太平洋詩歌節後

讓我們慢一點回臺北
慢一點回到那
過於喧囂過於孤獨的
城市／塵世中

讓我們慢一點回臺北
迎著中央山脈的翠綠挺拔
　太平洋的蔚藍寬闊
新城　南澳　蘇澳
在山與海之間迂迴前行
迂迴瞭望

讓我們慢一點離開那
有著山雨和松濤的地方　直到
所有掉落地面的字句幻化成詩　直到
漫不經心的誦吟唱成一首又一首
悠遠的歌　一路伴我回去

慢一點　再慢一點
風雨中　車身搖晃過九彎十八拐
我和友伴想起那位童心未泯的詩人
不約而同的笑了……

九十七年十一月

寫在第十九個生日之前

我要十九歲了……

在十八歲這一年所經歷的，遠遠超過我之前的生命。

從第一次的出走，到隻身赴花蓮參加太平洋詩歌節，以及隨之而來的風風雨雨……

未果的戀情、重新邂逅詩與文學、學會堅持自己要的音樂……

有些朋友會說，你變得太快了，但真正懂得我的人都知道，我正在經歷的不過是我前面生命與自我人格的延伸。

因此，在又一次的生日到來之前，我似乎可以毫無怨悔的說：

這一年，我活得像自己。

九十八年七月一日

詩人小傳

張心柔，十九歲，臺北人，三歲接觸音樂，七歲學鋼琴，十五歲開始寫詩。喜歡哼哼唱唱和跳佛朗明哥舞，對生活充滿熱情。此集《邂逅》選錄作者十八歲的秋天到花蓮參加太平洋詩歌節後，一年之間所寫的詩歌。太平洋詩歌節對作者的人生具有重大意義。作者現就讀臺師大音樂系二年級，且主修詩歌與文字創作。日前甫完成第一部影像詩創作"Flamenco"。

九十八年十一月

《海的故事》
16x27cm 粉彩 2019

讀詩人128　PG2357

邂逅

作　　者	張心柔
繪　　者	陳冠穎
責任編輯	林昕平
圖文排版	周妤靜
封面設計	王嵩賀、陳冠穎

出版策劃	釀出版
製作發行	秀威資訊科技股份有限公司 114 台北市內湖區瑞光路76巷65號1樓 電話：+886-2-2796-3638　傳真：+886-2-2796-1377 服務信箱：service@showwe.com.tw http://www.showwe.com.tw
郵政劃撥	19563868　戶名：秀威資訊科技股份有限公司
展售門市	國家書店【松江門市】 104 台北市中山區松江路209號1樓 電話：+886-2-2518-0207　傳真：+886-2-2518-0778
網路訂購	秀威網路書店：https://store.showwe.tw 國家網路書店：https://www.govbooks.com.tw
法律顧問	毛國樑　律師
總 經 銷	聯合發行股份有限公司 231新北市新店區寶橋路235巷6弄6號4F 電話：+886-2-2917-8022　傳真：+886-2-2915-6275

出版日期	2019年11月　BOD一版
定　　價	280元

Printed in Taiwan

國家圖書館出版品預行編目

邂逅 / 張心柔作 ; 陳冠穎繪. -- 一版. -- 臺北市 :
釀出版, 2019.11
面 ;　公分. -- (讀詩人 ; 128)
BOD版
ISBN 978-986-445-362-7(平裝)

863.51　　108017343

讀者回函卡

感謝您購買本書，為提升服務品質，請填妥以下資料，將讀者回函卡直接寄回或傳真本公司，收到您的寶貴意見後，我們會收藏記錄及檢討，謝謝！

如您需要了解本公司最新出版書目、購書優惠或企劃活動，歡迎您上網查詢或下載相關資料：

http:// www.showwe.com.tw

您購買的書名：________________________________

出生日期：________年________月________日

學歷：□高中（含）以下　□大專　□研究所（含）以上

職業：□製造業　□金融業　□資訊業　□軍警　□傳播業　□自由業　□服務業　□公務員　□教職

□學生　□家管　□其它________________

購書地點：□網路書店　□實體書店　□書展　□郵購　□贈閱　□其他

您從何得知本書的消息？

□網路書店　□實體書店　□網路搜尋　□電子報　□書訊　□雜誌　□傳播媒體　□親友推薦

□網站推薦　□部落格　□其他________________

您對本書的評價：（請填代號　1.非常滿意　2.滿意　3.尚可　4.再改進）

封面設計______　版面編排______　內容 ______　文／譯筆______　價格______

讀完書後您覺得：

□很有收穫　□有收穫　□收穫不多　□沒收穫

對我們的建議：________________________________

____

____

____

請貼
郵票

11466
台北市內湖區瑞光路 76 巷 65 號 1 樓
秀威資訊科技股份有限公司 收
BOD 數位出版事業部

（請沿線對折寄回，謝謝！）

姓　　名：＿＿＿＿＿＿＿＿　年齡：＿＿＿＿　性別：□女　□男

郵遞區號：□□□□□

地　　址：＿＿＿＿＿＿＿＿＿＿＿＿＿＿＿＿

聯絡電話：（日）＿＿＿＿＿＿＿＿（夜）＿＿＿＿＿＿＿＿

E-mail：＿＿＿＿＿＿＿＿＿＿＿＿＿＿＿＿